UN LIBELLISTE DU XVIIIe SIÈCLE

Jean-Franç. DE BASTIDE

EN BELGIQUE

1766-1769

PUBLICATION D'UNE COMÉDIE CONTEMPORAINE INÉDITE

ACCOMPAGNÉE D'UNE NOTICE

PAR

M. FRÉDÉRIC FABER

AUTEUR DE L'*Histoire du Théâtre Français en Belgique*, MEMBRE DE LA SOCIÉTÉ DES BIBLIOPHILES BELGES.

BRUXELLES

FR.-J. OLIVIER, LIBRAIRE-ÉDITEUR.

11, rue des Paroissiens, 11.

MDCCCLXXX

JEAN-FRANÇOIS DE BASTIDE

EN BELGIQUE

1766-1769

Ce volume a été tiré à 180 *exemplaires numérotés :*

150 sur papier de Hollande (n° 31 à 180)

25 sur papier Whatman (n° 6 à 30)

5 sur papier du Japon (n° 1 à 5)

EXEMPLAIRE N° 32

AVERTISSEMENT DE L'AUTEUR.

Un négociant de Pampelune m'avait promis une comedie sous le titre du *journaliste*, il vient de tenir sa parole, voicy donc la comédie que je donne au public. Les mœurs du heros de la piece y sont respectées, c'est tout ce que l'honneteté exige d'un écrivain.

ACTEURS.

Mr Griffon de Bastide, journaliste.

Made Demonroux ***, souscrivante au journal.

Mr L'abbé Quetfes, ami de Griffon et autre fois son aide de camp.

Mr Cabaret, patron d'une estaminée.

M Le Vresse, commis du journaliste.

Bergbou, libraire.

Mr Repertoire, baron d'Haren. Directeur en exercice du spectacle.

Bonnet, perruquier, garcon de M. Griffon.

La Pierre, valet du journaliste.

La scene est a Bruxelles dans le grenier de Griffon.

CLÉ DES NOMS.

M. GRIFFON DE BASTIDE . . .	J.-F. de Bastide.
MAD. DEMONROUX	X...
M. L'ABBÉ QUETFES	L'abbé Yvon.
M. CABARET	X...
M. LEVRESSE	X...
BERGBOU	De Boubers.
M. REPERTOIRE	D'Hannetaire.
BONNET	X...
LA PIERRE	X...

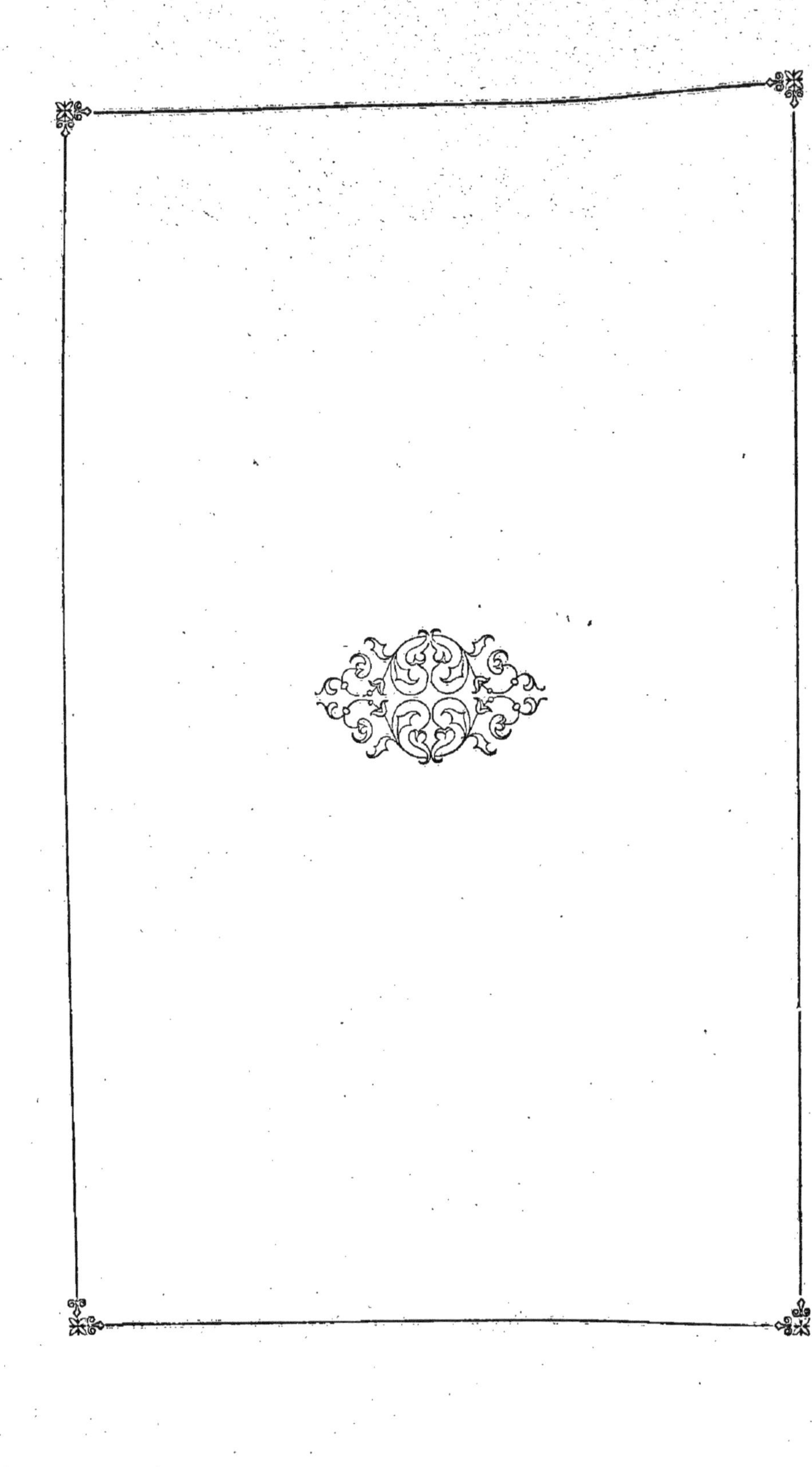

UN LIBELLISTE DU XVIIIe SIÈCLE

Jean-Franç. DE BASTIDE

EN BELGIQUE

1766-1769

PUBLICATION D'UNE COMÉDIE CONTEMPORAINE INÉDITE

ACCOMPAGNÉE D'UNE NOTICE

PAR

M. FRÉDÉRIC FABER

AUTEUR DE L'*Histoire du Théâtre Français en Belgique*, MEMBRE DE LA SOCIÉTÉ DES BIBLIOPHILES BELGES.

BRUXELLES

FR.-J. OLIVIER, LIBRAIRE-ÉDITEUR,

11, rue des Paroissiens, 11.

MDCCCLXXX

Bruxelles. — Imp. FÉLIX CALLEWAERT père, 26, rue de l'Industrie.

NOTICE

SUR

J.-F. DE BASTIDE

Pour l'intelligence de la comédie qu'on va lire, nous avons cru nécessaire de la faire précéder de quelques notes explicatives sur le personnage qu'elle met en scène.

La seconde moitié du XVIIIe siècle a vu surgir, en France, une foule de bohêmes littéraires dont quelques-uns, ne trouvant pas pâture dans leur pays, se sont abattus sur le nôtre où, malheureusement, nos gouvernants d'alors leur firent assez bon accueil. Nous disons malheureusement, car nous n'avons tiré nul profit de ce qu'ils nous ont laissé et qu'au contraire, la chronique scandaleuse s'est enrichie de plus d'une anecdote nouvelle.

Tous ces parasites ont fondé, chez nous, des journaux, des recueils périodiques qui, en général, n'étaient qu'une reproduction de ce qui se publiait en France, à quoi ils ajoutaient quelques faits locaux. Peut-être craignait-on qu'ils ne gagnassent quelqu'influence sur le public, en commentant ou en critiquant les actes du gouvernement, ou bien désirait-on qu'on passât sous silence certaines aventures de salons ou de boudoirs survenues à des personnes en vue. Toujours est-il que ces libellistes trouvaient moyen de se faire octroyer, à titre de subsides ou autrement, certaines sommes qui, certes, auraient pu être mieux employées.

Le personnage de ce genre, auquel nous consacrons ces quelques lignes, est *Jean-François* DE BASTIDE, né à Marseille, le 15 juillet 1724, mort à Milan, le 4 juillet 1778. Si l'on s'en rapporte à ses biographes, il était fils d'un lieutenant criminel, et lui-même se disait noble. Admettons tout cela qui, somme toute, est très secondaire et d'aucun intérêt pour ce que nous allons dire.

DE BASTIDE arriva fort jeune, à Paris, et se lança immédiatement dans la presse. Il appartint à la rédaction du *Mercure de France*, auquel il travailla jusqu'à la mort de Boissy (10 avril 1758). Ayant alors été évincé, il fonda *le Nouveau Spectateur*, qui devint, en 1760, *le Monde comme il est*, et, en 1761, *le Monde*. Cette dernière publication n'ayant pas réussi, il quitta sa patrie pour se rendre en Hollande, où il séjourna pendant quelques années. Ce fut en 1766, seulement, qu'il arriva aux Pays-Bas Autrichiens.

Tout ceci est connu, mais ce qui ne l'est pas, ce sont ses faits et gestes pendant son séjour à Bruxelles (1). La comédie que nous publions va nous donner quelques détails à ce sujet.

DE BASTIDE fonda, peu après son arrivée, *le Journal de Bruxelles ou le Penseur*, dont deux volumes parurent. Il tenta

---

(1) Pour plus de détails, voir la notice de M. CH. PIOT, sur *J.-F. de Bastide*, dans le Bulletin de l'Académie de Belgique.

même de reprendre, sous le titre de *Gazettin*, les *Mémoires du Temps*, que fonda Maubert et qui furent continués par Chevrier (1). Le public resta indifférent à son appel, si l'on en croit l'auteur anonyme de la pièce ci-contre, qui fait dire au personnage figurant DE BASTIDE (2) :

« ... Les Flamans sont des esprits bornés qui osent estimer « tout haut un Voltaire, un Montesquieu, un Rousseau, tandis « qu'ils ne font aucun cas *de mon journal* qui est excellent, de « *la Gazette de Bruxelles*, et qu'ils n'ont plus voulu de mon « *Gazetin*, productions également parfaites... »

Si l'on continue à s'en rapporter à la même source, on apprend que DE BASTIDE, pour faire prendre son journal, le faisait distribuer gratis dans les cabarets de la ville.

A côté de la pénurie de lecteurs, vint se placer un évènement bien plus grave pour le journaliste : un ordre du Gouverneur-Général supprima cette publication, le 24 décembre 1767 (3). La violence de ses personnalités lui avait attiré cette mesure extrême.

Au moment où il arriva à Bruxelles, DE BASTIDE parvint à se faire bien venir du comte de Cobenzl, ministre plénipotentiaire de l'Autriche dans les Pays-Bas. Celui-ci l'admit même à ses soirées. Pour flatter le pouvoir, l'écrivain se servit du théâtre.

Le 4 novembre 1766, jour de la fête patronale du prince Charles de Lorraine, il fit représenter, au Théâtre de la Monnaie, deux pièces : *Gezoncour et Clémentine*, comédie en cinq actes, et *le Soldat par amour*, opéra-comédie en un acte, musique de Vitzthumb et Van Malder. Malheureusement pour lui, le prince, indisposé, ne put paraître au spectacle-gala, et la tentative avorta.

---

(1) Voir la notice du même auteur, sur *Maubert*.

(2) Scène II.

(3) Fait cité par M. Ch. Piot.

Au reste, si nous continuons à admettre ce que dit l'écrivain anonyme, sa comédie était mauvaise; il met les paroles suivantes dans la bouche d'un de ses personnages (1) :

« ...Je m'embarasse peu de votre *Clémentine* qui était « détestable. Vous devriés nous payer encore la peine que « nous avons pris en pure perte... »

Tout cela fut de peu de poids en sa faveur. Voyant tout lui manquer et ne sachant comment échapper à ses créanciers qui le harcelaient, il s'adressa au prince Charles de Lorraine, en 1768, pour obtenir un sauf-conduit et passer à l'étranger. Le Gouverneur-Général ne lui accorda pas sa demande, mais engagea le Conseil Privé à s'interposer (2).

La comédie que nous publions fut écrite à cette époque; elle porte le millésime de 1768 et a trait aux difficultés pécuniaires que rencontrait alors DE BASTIDE, auquel on donne le nom transparent de GRIFFON DE BASTIDE.

Enfin, en 1769, il était encore à Bruxelles qu'il quitta peu après, le prince Charles lui ayant retiré le subside qu'il lui avait alloué sur les instances du comte de Cobenzl.

Pendant le peu de temps qu'il séjourna chez nous, il n'aboutit donc qu'à une chose, c'est à se créer un passif énorme et une foule d'ennemis. Nous n'en voulons pour preuve que la comédie ci-après. Nous ignorons de qui elle émane et quel est l'écrivain qui se cache sous le pseudonyme de *Monsieur Sincère*, mais toujours est-il qu'elle est d'une violence extrême et qu'évidemment celui qui l'a composée a dû être lésé dans ses intérêts ou dans sa personne.

Il a certainement été mêlé à toutes les aventures de l'époque, car il nous montre qu'il était très au courant, non seulement des affaires littéraires, mais encore de celles du théâtre. Il

---

(1) Scène VIII.

(2) Voir CH. PIOT. — Notice citée.

malmène assez rudement *D'Hannetaire* auquel, sous le nom de *Répertoire*, il fait dire les choses les plus cyniques, tant au sujet de ses mœurs que de l'origine de sa fortune.

A ces divers points de vue, cette pièce est curieuse et mérite de voir le jour. En faisant la part de l'exagération et du parti-pris de nuire, nous y trouvons toujours certains petits détails qui peuvent servir à compléter ces singulières personnalités.

F. F.

Bruxelles, 7 mai 1880.

ÉPITRE DÉDICATOIRE

A

MON AMI DE BRUXELLES.

Mon Ami

Les hommes comme vous sont aux yeux du sage, les gens les plus utiles a l'univers, et ceux qui honnorent le plus a l'humanité. Ce n'est point a votre fortune que je dedie cette comedie; ma philosophie m'a apris a dedaigner les richesses; et si je vous respecte vous ne devés attribuer mon hommage qu'a cette probité et cette amitie vraye qui font la gloire de vos mœurs et l'honneur de vos semblables. Un journaliste a osé donner un ouvrage jnsensé, ou plutot jmaginé par la misere, puisque cet auteur n'a d'autres vuë que d'ensencer les souscripteurs, et d'obmettre les personnes qui ne voudraient pas achepter une place dans sa rapsodie. Tels le bas freron et le journaliste lui même jnsultent Voltaire qui les meprise, et exaltent de vils jnsectes qui les payent. Mon seul but, unique ami, est d'ouvrir les yeux a quiconque serait assés aveuglé pour etre dupes plus longtems des sottes productions de cet ecrivassier.

J'ay l'honneur d'etre avec les sentimens les plus distingués

Mon Ami

Votre trés humble et
trés obeissant serviteur
SINCERE.

LE JOURNALISTE

COMÉDIE EN UN ACTE ET EN PROSE,

MEILLEURE A LIRE QU'A ÊTRE REPRÉSENTÉE

PAR

Monsieur SINCÈRE

ADRESSÉE A ****

Les sots sont icy bas pour nos menus plaisirs.
GRESSET.

A CINQ ÉTOILES
CHEZ JEAN FURET, LIBRAIRE,
Sans aprobation ny permission,
Et sans en avoir besoin.

1768

LE JOURNALISTE

COMÉDIE EN UN ACTE ORNÉE DE NOTES.

Les sots sont icy bas pour nos menus plaisirs.
(GRESSET).

(Le theatre represente un grenier au fond duquel il y a une table, sur laquelle Mr Griffon broye de l'ennui. On voit a coté des rayons qui n'attendent plus que des livres pour devenir bibliothèque. Il y a aux quatre coins de la chambre des volumes du PENSEUR *qui attendent des achepteurs).*

SCÈNE PREMIÈRE.

GRIFFON, *seul, ecrivant et s'interrompant souvent.*

On a beau bailler en lisant mon journal, il faut pourtant que je sois un grand homme, puisque ceux qui ne connaissent pas mes ouvrages veulent bien les estimer. Je n'ai pour ennemi que ceux qui me lisent, parce qu'ils craignent la superiorité de mes talens. Ce *Courrier du Bas Rhin*, par exemple, est un ignorant qui n'a d'autre mérite que d'avoir fait suprimer mon gazetin et sans moi on ne le connaitrait pas dans le monde. Continuons a eclairer l'univers et a mepriser les sots. (*Il écrit quelques lignes et sonne ensuite.*) La Pierre ! La Pierre !... le malheureux ne vient point, il faut que je le chasse. Oui, le chasser, c'est fort bien dit, mais je lui dois une année de gages, et ce maraut voudra peut être que je le paye, parce que son ame abjecte et materielle ne concoit pas que l'honneur de servir un auteur tel que moi est au dessus des mines du Perou (1). La Pierre ! La Pierre !

---

(1) *Ne pouvant le payer il a sollicité une place d'allumeur a la lotterie royale de Bruxelles. Il promettait que son valet La Pierre justificrait par sa sublime intelligence, le bien que son maitre en avait dit.*

SCÈNE II.

GRIFFON, LA PIERRE, *derriere le theatre.*

LA PIERRE.

Monsieur, monsieur.. ..

GRIFFON.

Viens donc, bourreau !

LA PIERRE, *un paquet de lettres a la main.*

Il y a deux heures que la poste est arrivée, mais je ne pouvais avoir vos lettres faute d'argent. Çes commis sont des corsaires, nul credit a attendre d'eux.

GRIFFON.

Un homme en place (1) comme moi, devrait avoir un compte ouvert dans les bureaux.

LA PIERRE.

C'est ce que je leur ai dit; mais ces messieurs qui vous connaissent, disent que vous étes très *de placé*; et que votre journal est si mauvais que si vous n'avés pour les payer d'autre ressource que.......

GRIFFON.

Tais-toi, faquin; aprends que *la Gazette* que je fais est un chef d'œuvre qui doit fixer ma reputation et ma fortune.

---

(1) *Bastide parlant de lui dit toujours :* ma place, un homme en place. *Il disait un jour a un creancier qui le talonait :* Monsieur, vous me faites sortir de ma place.

LA PIERRE.

Il y a longtems que vous vous repaissés de chimeres, mon pauvre maitre. N'aviés vous pas annoncé il y a quelques mois une certaine brochure, jntitulée.... jntitulée, ma foi, je n'ai pas plus de memoire que le public, et je ne me souviens plus de son nom. Attendés,... j'y suis : c'etait *le Journal de Bruxelles ou le penseur*. Ce livre devait valoir des sommes immences; cependant tout calculé les frais d'impression ont été perdus, et quoi qu'on le donnat *gratis* personne n'en a voulu, et il n'a fait qu'un saut de votre cabinet chés l'épicier (1).

GRIFFON.

Tu peux avoir quelque fois raison ; mais aprends, mon cher La Pierre, que le mauvais gout qui regne dans ce pays cy m'empeche de reussir autant que je le devrais : les flamans sont des esprits bornés qui osent estimer tout haut, un Voltaire, un Montesquieu, un Rousseau, tandis qu'ils ne font aucun cas *de mon Journal* qui est excellent, de *la Gazette de Bruxelles*, et qu'ils n'ont plus voulu de mon *Gazetin*, productions également parfaites (2)!

LA PIERRE.

On a beau avoir raison, on a toujours tort quant on a contre soi le public, et ce monsieur là n'est pas de vos amis.

GRIFFON.

Je le ramenerai, La Pierre, je le ramenerai si je parviens a fermer la bouche a un critique qui s'obstine a faire autant de feuilles que je fais de penseur, et qu'on a la stupidité de

(1) *On a tiré deux mille exemplaires de cette brochure qui n'est qu'une platte compilation. Les receveurs de la loterie furent chargés de la distribuer gratis, mais le nom de l'auteur rendit leurs jnstances veines et superfluës.*

(2) *Le public connait le prix de ces trois productions qui peuvent aller de pair.*

lire au lieu de mon journal; *voila ce que c'est, les grands hommes sont en butte a la cabale, mais le tems fait triompher le merite* (1).

LA PIERRE.

Je crains fort, monsieur, qu'a force d'attendre vous ne perdiés patience. Vous avés cinquante ans, et....

GRIFFON.

Je t'ai deffendu cent fois de parler de mon age. Tu scais que j'ai icy des pretentions sur une jeune bruxelloise que je veux associer a mes travaux.

LA PIERRE.

Ma foi, vous m'en faites souvenir; elle m'a apellé en venant de la poste pour me remettre un billet que j'oubliais de vous rendre (*il fouille dans sa poche, et tire differents papiers dont il lit les titres*). — Liste des repas que mon maitre doit prendre en ville. Ce n'est pas cela. — Etats des cabarets a bierre ou je dois vanter le journal de mon maitre (2). Ce n'est pas cela. — Memoire des fiacres que M. Griffon doit (3). Ce n'est pas encore cela.

GRIFFON.

Finiras tu, maraut.

LA PIERRE.

Ah j'y suis, Monsieur; voicy enfin la lettre de cet aimable enfant.

---

(1) *Le penseur a dit cent fois cette phraze.*

(2) *Bastide envoyait tous les soirs son valet La Pierre,* franc, etourdi, plein de zele, *dans les estaminés pour y parler de son journal a des tailleurs et a des revendeuses a la toilette, qui s'ennuyraient, dormaient, et ronflaient à l'admirable recit de faits, ecrits et gestes du laborieux journaliste.*

(3) *Il ne paye les fiacres que par mois et avec des délégations sur la bourse d'un protecteur qui le soutient, et le cautionne quand un créancier le poursuit...*

... *Dieux qui le connaissés est-ce donc son esprit que vous récompensés?*

GRIFFON.

Donne je suis impatient de la lire (*il lit haut*): « Il ne m'est « plus possible, Monsieur, d'entretenir aucune relation avec « vous; tout le monde dit tant de mal de votre journal que « je crains qu'on ne passe de la haine de l'ouvrage a celle « de l'auteur, et je rougirais d'avoir subjugué un homme « qui nè joüirait pas de l'estime publique; si vous voulés « me revoir cessés d'écrire ou écrivés mieux.

« JEANNETTE. »

C'est bien dit, mais elle ne me propose que deux petites choses impossibles. Si j'etais a mon aise je n'ecrirais pas, et si j'avais de l'esprit j'écrirais mieux. (*A demie voix.*) Mais ne poussons pas plus loin cet aveu devant ce coquin qui pourrait en profiter pour m'estimer moins.

LA PIERRE.

Repondrés vous a cette lettre, Monsieur?

GRIFFON.

J'ecrirai ce soir : il faut que je sorte pour aller conférer avec des personnes du premier rang, qui me considerent; mais j'entends du bruit, vois qui frape, et annonce.

LA PIERRE.

Et annonce! quel ton de dignité! j'ai lu quelque part que Diogène dans son tonneau était orgueilleux.

GRIFFON.

Que dit cet insolent!

LA PIERRE.

Qu'il n'y a pas moyen d'annoncer quante on n'a qu'un grenier pour apartement, et un escalier pour antichambre.

GRIFFON.

On ouvre, vois donc qui entre.

LA PIERRE (*a part*).

Oh ! voici du précieux, sortons.

SCÈNE III.

GRIFFON, Madame DE MONROUX, l'abbé QUETFES.

L'ABBÉ.

Voicy, mon cher Monsieur Griffon, une de vos plus grandes admiratrices.

MADAME DE MONROUX.

Il est vrai, monsieur, que je dévore vôtre journal ; il est ecrit avec une precision, une netteté, en vérité, Monsieur Griffon, vôtre livre est admirable, il reunit d'ailleurs l'utile et l'agréable, et depuis que je le lis je sens que les salles d'education ou il n'est pas parlé ensemble *de cheval et de musique* (1) ne sont pas propres à l'instruction de la jeunesse.

GRIFFON.

Madame...

MADAME DE MONROUX.

Je ne vous flatte point, Monsieur, vôtre livre est excellent, et il n'y a que des hommes prévenus qui disent qu'il ennuye ; que vous ne scavés pas le francais ; que vous gatés les bons livres dont vous parlés par les plats extraits que

(1) *Voyés le Penseur article* Projet d'un honnete homme pour la ville d'Amsterdam.

vous en faites ; et que vôtre journal est encore plus detestable que l'*Almanach des Spectacles de Bruxelles* et les œuvres de Caraccioli ; ah ! Monsieur Griffon, je ne finirais pas si je pouvais prendre sur moi de vous répéter toutes les impertinences que vos ennemis debitent contre tout ce que vous faites.

GRIFFON.

Madame...

L'ABBÉ.

Les grands hommes ont des ennemis, et j'en scais quelques choses ; je serais encore a la cour d'un prince si j'avais été moins aimable. (1) (*a*).

MADAME DE MONROUX.

Voila par exemple, mon pauvre abbé, des choses dont on ne se douterait pas.

GRIFFON (*d'un ton empressé*).

J'opine comme madame.

L'ABBÉ.

Quoi ! Perruque, tu t'avises aussi de tirer sur moi, qui, tous les jours chés Monsieur *Cent pour Cent* (2) honnete usurier vante ton journal a tous les fripiers ses confreres.

---

(1) *Cet homme icy sous le nom de l'abbé Quetfes est l'aide de camp du penseur, il fut chassé de La Haye pour un commerce galant avec une femme qu'on ne soupconnerait pas.*

(*a*) L'abbé Yvon a rédigé dans l'Encyclopédie les articles : *Ame, Athée, Dieu.* Il n'a exercé aucune fonction ecclesiastique. En 1751, menacé d'une lettre de cachet, il quitta la France et se réfugia à La Haye. Certaine aventure galante l'en fit chasser ; ce fut alors qu'il vint en Belgique. Quand Maubert quitta, il voulut entrer dans la *Gazette de Bruxelles*. N'ayant pas réussi, il se joignit à de Bastide. (CH. PIOT, *Jean-Henri Maubert de Gouvest à Bruxelles*. P. 21.) (NOTE DE M. FABER.)

(2) *C'est un agent de change qui pour la comodité des imbéciles et de jeunes gens qui veulent se ruiner, prête sur le Sablon à vingt sols par heure, ou si vous voulés a 100 pour 100 par heure, le gain est honnete.*

Cependant cet homme vit, quoiqu'il y ait eu quelque fois des potences plantées

MADAME DE MONROUX.

Point d'humeur, Monsieur Quetfes, on peut dire sans vous offenser que vous n'etes point un Adonis.

L'ABBÉ.

Pas tout a fait, j'en conviens ; mais je pense que personne ne peut disconvenir que j'aurais percé dans le monde si mon gros merite ne m'avait fait des ennemis ; vous scavés combien mes contes m'ont attirez de persecutions, et qu'en fin en dernier lieu le critique du journal de Griffon a soulevé contre moi chambres, antichambres et meme les cuisines.

GRIFFON.

Avoir la cuisine contre soi cela est facheux pour un gourmand.

L'ABBÉ.

Oh ! mon cher Griffon, je ne me fache pas du mot, je suis gourmand et parasite comme un auteur.

MADAME DE MONROUX.

Encore une epigramme contre Monsieur Griffon.

L'ABBÉ.

Point du tout, Madame, Griffon n'est point auteur, il mâche des phrases, barbouille du papier, met en pièce les ecrivains, fait imprimer son radotage, et il n'ennuye personne. Car personne ne le lit.

MADAME DE MONROUX.

Vous vous trompés, l'abbé, car je le lis exactement.

---

sur cette place du Sablon, mais on ne lui a fait grace que parceque dans tous les Etats on ne pend que les petits voleurs.

L'Abbé.

Oui pour vous préserver de l'insomnie.

Madame de Monroux.

Non, en vérité! je proteste qu'après mon tapissier et mon valet de chambre, le *Journal de Bruxelles* est ce que j'aime le plus.

Griffon.

Sans le respect dont je suis pénétré pour vous, Madame, je dirais à l'abbé qu'il est un sot.

L'Abbé.

Tu parlerais tout aussi betement que tu ecris.

Griffon.

Insolent! il convient bien a un petit faiseur d'eglogues d'attaquer un ecrivain de ma sorte.

L'Abbé.

Je ne donnerais pas la moindre de mes epitres en vers pour tous tes journaux, et mes contes tout vuides de sens qu'ils sont, en ont mille fois plus que toutes tes bucholiques.

Madame de Monroux.

Ah! Messieurs, point d'injures, venés au fait et battés vous, je vous prie.

Griffon.

Madame... le respect.

Madame de Monroux.

Ah! je vous en dispense.

L'Abbé (*frapant Griffon*).

Puisque Madame le permet, recois cette taloche.

GRIFFON (*jette un monceau de journaux a l'abbé qu'il manque et attrape Madame de Monroux*).

Ah! Madame, pardon : ce maraut...

MADAME DE MONROUX (*tombant sur un fauteuil*).

Ah Ciel, je me meurs!

GRIFFON.

Vite au secours; vite de l'eau de Carmes.

SCÈNE IV.

LES ACTEURS PRECEDENS, LA PIERRE.

LA PIERRE.

Qu'est-il donc arrivé, Monsieur.

L'ABBÉ (*tachant de faire revenir Madame de Monroux*).

C'est ce maudit barbouilleur qui a réduit Madame dans cet etat; rien ne peut l'en tirer; et l'assoupissement léthargique dans lequel elle est plongée m'effraye : vite un médecin.

LA PIERRE.

Bon moien de la dépecher plutôt. Laissés moi agir, j'ai un remede efficace pour faire revenir Madame.

GRIFFON.

Ne te trompe tu point?

LA PIERRE.

Laissés moi opérer et vous verrés si je ne fais pas sur le champ une cure brillante.

(La Pierre prend tous les paquets de journaux et autres ouvrages de son maitre et les jette par la fenêtre, et lui fait flérer une critique et une gazette du Bas Rhin.

MADAME DE MONROUX.

Ou suis je hélas ! et quel nouveau jour m'éclaire?

LA PIERRE.

Madame, vous devés vôtre retablissement a mon experience. Vôtre assoupissement (ecoutés bien cecy c'est la quintescence de la medecine) vôtre assoupissement provient de l'influence... c'est a dire de l'influence que les matières soporatives et ennuyeuses avaient sur les parties nerveuses qui... qui etant affectées par la contention des membranes péristiles, formaient un assoupissement qui degenerant... par les causes accidentelles, c'est comme qui dirait par accident... accidentelles des visceres opérait un effet léthargique, dont mon art a prévû l'origine et l'a détruite *cessante causâ tollitur effectus.* C'est a dire plus de journaux plus d'ennui, et par consequent plus d'assoupissement.

L'ABBÉ.

J'ignorais que La Pierre scut le latin.

LA PIERRE.

Je suis meme le confrere de mon maitre; mais un peu au dessous de lui, car quoique nous n'ayons jamais fait que nôtre cinquieme, mon maitre etudia trois mois de plus que moi, et c'est pourquoi, je lui cede le pas,

MADAME DE MONROUX.

Comment vôtre cinquième?

LA PIERRE.

Oui, Madame; nous sommes icy un detachement extrait

de la philosophie, et nous formons un duo, dont je chante le rolle le moins brillant; mon maitre barbouille des nouvelles, et moi je corrige ses sottises.

GRIFFON.

Taisés vous, impertinent.

MADAME DE MONROUX.

Il peut n'être pas honnete, mais il est vrai. L'admiration que j'avais pour vos fastidieux ecrits tombe, et je vois que vous n'êtes qu'un plat ecrivain digne des traits mordans du critique de vôtre journal.

L'ABBÉ (*en sortant*).

Adieu, vieille perruque. Adieu *l'homme de lettres qui n'est point auteur*. Continuē a griffonner dans ton grenier, et ne parais jamais a mes yeux (*ils sortent*).

SCÈNE V.

GRIFFON, LA PIERRE.

LA PIERRE.

Vous vous faites la des belles affaires!

GRIFFON.

Que veux-tu? *Le sort des grandes ames est d'etre en proye aux douleurs.*

LA PIERRE.

Si cela etait, mon pauvre maitre, personne n'aurait moins de chagrin que vous.

GRIFFON.

Scais tu bien que tes mauvaises epigrammes te meriteront ton congé?

LA PIERRE.

Ah! j'y consens, pourvu qu'avec lui vous me donniés mes gages.

GRIFFON.

Mais j'entends encore quelqu'un, fais entrer si l'on aporte; congedie si l'on demande.

SCÈNE VI.

LES ACTEURS PRECEDENTS, M. CABARET.

LA PIERRE.

Voicy, Monsieur, un honnete aubergiste de cette ville qui vient pour rendre ses devoirs.

GRIFFON.

Ah! c'est Monsieur Cabaret, vite un siège.

CABARET.

Le desir que j'aurais d'occuper une place de distinction dans vôtre journal m'engage, Monsieur, a venir suplier vôtre *science* de daigner faire mention dans vôtre ouvrage d'un secret particulier que j'ai découvert pour assaisonner le vin de facon a lui donner une seve qui en jrritant la soif, flatte agreablement le palais; en sorte que plus on en boit et plus on a envie d'en boire; il ennyvre par degré, et avec tant de menagement que le buveur ne s'en apercoit qu'au quinzieme pot ; vous jugés, Monsieur, de l'importance de cette decouverte, et combien l'interet public, et surtout le mien, sauf vôtre respect, exigent la publication de cet heureux secret.

GRIFFON.

Que voulés vous que je dise de vôtre vin ?

CABARET.

Comment, Monsieur, ce que je veux que vous en disiés ? Qu'il est excellent, et supérieur à ceux de Champagne, Bourgogne et même d'Espagne !

GRIFFON.

Ces eloges pourraient me compromettre, Monsieur Cabaret.

LA PIERRE (*a part*).

Auprés de qui ? personne ne le lit.

CABARET (*tirant lentement de dessous sa redingotte deux bouteilles*).

Oh ! J'ai remedié a cela, Monsieur, et je prends la liberté de prier votre *science* d'accepter ces deux grosses bouteilles, avec lesquelles vous pourrés faire une epreuve qui justifiera tout ce que j'ai l'honneur de vous dire.

GRIFFON.

C'est parler raison pour le coup, allés, Monsieur Cabaret, soyés persuadé que quoiqu'il n'y ait chés vous que de mauvais beurre, des patates pourries et du vin gaté, vous devenés aujourd'hui un des plus fameux patrons d'estaminées. Votre nom jnseré en petit capital dans mon *Penseur*, mon *Gazetin* et ma *Gazette*, va vôler d'un pôle à l'autre, et le petit présent que vous venés de me faire vous rendra un grand homme.

CABARET.

Monsieur, je suis sensible a l'attention de vôtre *science* et je me recommande trés humblement a ses bonnes graces (*il sort*).

GRIFFON, *à* LA PIERRE *qui sort avec le vin.*

Ou vas tu?

LA PIERRE.

Soulager votre conscience, et vous mettre a même de parler de ce vin en en faisant l'épreuve.

GRIFFON.

Es tu fou? je ne puis dire du mal d'une chose qu'on m'a donné. Ce vin est excellent, ou il doit l'etre : porte le sur le champ a mon aubergiste a compte du dernier mémoire que je lui dois.

LA PIERRE (*en sortant*).

Messieurs les gens d'esprit sont economes; mais j'y vais mettre bon ordre. Monsieur l'aubergiste aura la bonté de permettre que je partage avec lui (*il sort*).

SCENE VII.

GRIFFON, BERGBOU, LEVRESSE.

GRIFFON.

Toujours m'interrompre dans mes doctes et laborieuses elucubrations! Que voulés vous?

LEVRESSE.

Monsieur...

GRIFFON.

Eh ! bien, monsieur.

LEVRESSÉ.

Voici Monsieur Bergbou vôtre libraire qui dit que votre journal...

GRIFFON.

Est un excellent ouvrage : je le crois bien.

BERGBOU.

C'est pourtant ce que le public ne pense pas. Les 22 souscripteurs que vous aviés viennent de retirer leur parole, et quoi qu'ils ayent payé l'année d'avance, ils me deffendent expressement de leur envoyer d'avantage le *Journal de Bruxelles*.

GRIFFON.

Vous etes un sot, Monsieur Bergbou.

BERGBOU.

Je le crois, monsieur ; mais ma femme qui a de l'esprit pour nous deux m'assure que vôtre ouvrage ne vaut pas les frais d'impression.

GRIFFON.

Vôtre femme a la rage de faire de l'esprit par ce qu'elle ne scait pas lire, elle ferait beaucoup mieux de coudre des chemises et de ne point donner matiere aux mauvais propos qu'on tient d'elle.

BERGBOU.

Personne n'est a l'abri de la critique, et on ne ménage pas plus Madame Griffon que le journal de son mary (1).

---

(1) *Tout le monde scait que Bastide a une femme qui courre le monde.*

GRIFFON.

Brisons-la, maitre Bergbou. Ou est le journal de la quinzaine?

BERGBOU.

Monsieur, j'attends de l'argent pour en faire l'impression.

GRIFFON (*avec feu*).

Ah! tout est bouleversé : l'état periclide ; il n'y a plus n'y foi ni loi : attendre de l'argent d'un auteur, qu'elle extravagance!.....

BERGBOU.

J'avoue, Monsieur, que cela n'est pas trop sensé, mais il m'en faut.

GRIFFON.

Levresse!

LEVRESSE.

Monsieur.

GRIFFON.

Vois dans ce tiroir s'il n'y a pas certaines empreintes de bagues et de médailles (1).

LEVRESSE.

Oui, Monsieur, les voicy.

GRIFFON.

Aprochés, Bergbou, aprochés : vous voyés ces medailles et ces bagues?

---

(1) *Dans ses voiages il avait reçu plusieurs bagues et medailles en payement de ses ecrits qu'on ne lui avait pas demandé. Il les mit au lombard; et pour satisfaire ses creanciers il les fit dessiner, persuadé qu'en attendant la realité dont il les flattait, ils se contenteraient de l'empreinte.*

BERGBOU.

Oui, Monsieur, je vois l'empreinte de plusieurs têtes et armes.

GRIFFON.

Vous comprenés bien que c'est de l'argent comptant.

BERGBOU.

Point du tout. Que diantre voulés vous qu'on fasse de ces papiers?

GRIFFOU.

Patience : ces médailles et ces bagues dont l'empreinte est sur ce papier sont en or ; et c'est avec ce même or que je compte vous paier l'impression de mon journal.

LEVRESSE.

Vous voyes bien qu'on ne vous donne pas des effects véreux.

BERGBOU.

Et ou sont donc, ces effects?

LEVRESSE.

Au lombard : n'est ce pas comme si vous les aviés?

GRIFFON.

La même chose a peu près; parce que je ne compte les retirer que pour les vendre et vous payer.

BERGBOU.

Avec quoi les retirerés vous?

LEVRESSE.

Belle demande!

GRIFFON.

Avec le produit de mon *Penseur*.

BERGBOU.

Ah! si vous n'attendés que ce secours vous ne reverrés jamais vos cheres médailles.

GRIFFON.

D'ou vous vient cette idée.

BERGBOU.

Du public, qui ne croit pas plus a vos almanachs qu'a ceux de Matthieu Lansberg.

GRIFFON.

Si vous aviés lû les lettres de tous les libraires qui l'attendent avec empressement, vous diriés le contraire. Allés, Monsieur Bergbou, travailler a l'impression de mon journal, et comptés que mes bagues passeront demain du lombard chés vous.

BERGBOU.

Comme rien ne presse et que le public n'attend point, il sera toujours tems que je commence demain. Adieu. (*En sortant*) Voicy deux hommes qui m'ont l'air d'avoir aussi un hypotheque sur les medailles.

SCÈNE VIII.

GRIFFON, BONNET, REPERTOIRE, LA PIERRE.

BONNET (*peruquier gascon*).

Eh! donc, Monseu Griffon, voici vôtre perruque. Je me donne a tous les diables si jamais chevalier français fut mieux coeffé que vous.

REPERTOIRE.

Il ne s'agit pas ici de perruque. Je suis deputé au nom de nôtre aréopage pour vous prier de nous payer vôtre abonnement de parquet pour l'année derniere.

GRIFFON.

Que voulés vous dire, Monsieur Repertoire? Est ce que je n'avais pas mes entrées, et l'immortel chef d'œuvre de *Clementinne* (b) serait il assés payé d'une année d'abonnement? Je crois que vous perdés l'esprit.

REPERTOIRE.

Je m'embarasse peu de votre *Clementinne* qui était detestable. Vous devries nous payer encore la peine que nous avons pris en pure perte; il me faut de l'argent et puisque vous avés la maladresse de ne point mentir tous les quinze jours en faveur de mes filles, parbleu vous payerés, Monsieur Griffon!

GRIFFON.

Ah! je vois ce que c'est! mais comme vôtre troupe ne vallait rien, Monsieur Repertoire, et qu'elle a massacré *Clementinne*, je ne veux point payer.

BONNET.

Et ma perruque, sandis?

GRIFFON.

Elle est bien faite et je vais la payer.

REPERTOIRE.

Notre troupe etait fort bonne, il est vrai que toutes les pieces ou quelqu'un de ma maison ne jouait pas étaient fort

(b) *Gezoncour et Clementine*, comédie en cinq actes représentée à Bruxelles, au Théâtre de la Monnaie, le 4 novembre 1766. (NOTE DE M. FABER.)

mal renduës, mais aussi quel dédommagement quand nous paraissions; enfin notre spectacle n'est point une parade qu'on puisse voir gratis, quand on est journaliste, et qu'on ne dit rien du merite de ma maison; aussi je vous prie de me satisfaire.

LA PIERRE.

Donnés votre mémoire.

REPERTOIRE.

Cela est inutile. Six doubles souverains sont l'affaire : il n'y a rien a écrire pour cela.

BONNET.

Ma perruque est d'une pistole d'or; voulés vous que jé l'écrive, et qué jé vous fasse une descrition dé la mecanique, dé la beauté, dé l'utilite dé la perruque. Je composérai sur le champ un gros volume sur cet objet, jé n'oublierai pas, Monsieur Griffon, la pur que vous eutes le jour de la Veille des Dames, et le soin qué vous prites d'emporter votré perruque preferament a toute chose.

GRIFFON.

Si tout le monde parle ensemble on ne s'entendra point. Permettés, Monsieur Repertoire, que je termine avec Monsieur Bonnet, après quoi je finirai avec vous.

REPERTOIRE.

Soit : mais dépechons.

LA PIERRE (*a part*).

Si ces gens la sont payés, ils pourront bien se vanter d'être les premiers.

GRIFFON.

Je ne marchande point avec vous, Bonnet, je vais vous donner la valeur d'une pistole d'or, en bon papier.

BONNET

Taupe, sandis, si l'effect est bon.

GRIFFON.

Devès vous en douter? Voila une souscription de mon journal c'est de l'or en barre.

BONNET.

De l'or en barre, dites vous? Eh! bien gardés cet or et payés moy en petite monnoie, je suis homme de detail, cela mé conviendra mieux.

LA PIERRE.

Vous ètes bien difficile, Monsieur Bonnet.

GRIFFON.

Pour terminer promptement, prenés cet effet ou remportés vôtre perruque.

BONNET.

Sandis, Monsieur, qué voulés vous que je fasse de vos journaux? Je né scais lire que dans le gothique.

REPERTOIRE.

En ce cas, Maitre Bonnet, les journaux sont de vôtre compétence.

GRIFFON.

Le premier banquier vous negociera cet effet.

BONNET.

Mais si je ne puis m'en défaire?

LA PIERRE (*prenant un journal sur la table*).

Vous voila bien embarassé. Scavés vous bien que douze journaux aussi bien nourris, aussi epais, aussi pesant que celui cy, vous feront une pacotille de papillottes qui vous raporteront plus que la pistole que vous demandés?

BONNET.

Eh ! donc'l en cé cas voyons la souscription.

GRIFFON.

Tenés : tout pere de famille qui voudra envoyer son enfant dans *ma salle d'education d'Amsterdam*, vous aura obligation de lui procurer cet avantage.

BONNET.

Mais si cé chiffre me restait ?

GRIFFON.

Ce doute m'outrage.

BONNET.

Vous étes confiant, Monsieur Griffon, et je pars sur votré parole, adieu. (*En s'en allant il crie*) Uné souscription du *Journal de Bruxelles*, une fois, dux fois, qui en vut? (*Il sort.*)

LA PIERRE (*a part*).

Voyons si celui cy voudra aussi se contenter de nôtre papier.

GRIFFON.

Eh ! bien, Monsieur Repertoire, vous disiés donc que j'ai eu tort de ne pas vanter les talens de vos filles, et qu'a cause de cela il faut que je paye mon entrée.

REPERTOIRE.

Assurément. Il serait fort plaisant que vous fussiés le seul a Bruxelles dont nous ne tirassions rien. Ceux a qui nous donnons les entrées gratis doivent nous dédommager d'un autre coté; les uns en nous applaudissant de toutes leurs forces, les autres en exaltant dans les caffés la chasteté de mes filles; ceux-cy en faisant remarquer la finesse et les graces de leur jeu; ceux la en imposant silence a quiconque ose dire qu'elles ne valent rien ; enfin tout nous est utile et particulierement les petits grands seigneurs. Oh ! ce sont ceux la qui nous soutiennent envers et contre tous, même aux depends de leur reputation ; mais nous scavons notre devoir, et mes filles et cousines ne sont pas ingrates ; elles poussent la gratitude jusqu'a passer des nuits entieres a les en remercier, et le lendemain il n'en coute au petit protecteur pour sortir qu'une plaisanterie de dix ou douze mille florins (*c*). Voila comme cela se pratique ; et vous prétendriés vous soustraire a la loi commune ? Vous barbouillés, il fallait dire quelques choses de tout cela pour fermer la bouche a certains ridicules qui ont la mechanceté de ne pas trouver cette maniere d'agir fort honnete.

GRIFFON.

Mais entre nous, Monsieur Repertoire, il me semble qu'il y a plutot a reprendre qu'a louer dans tout cela, et quoiqu'il me soit assés indifferent d'écrire pourvu que je noircisse du papier......

REPERTOIRE.

Eh ! bien, voyons, qu'allés vous dire ? C'est bien a vous a raisonner quand les princes, les ducs, les marquis, et les vicomtes sont aux pieds de mes filles (*d*) ; Agatine (*e*) n'a fait que trois enfans encore, et si jamais elle en fait un quatrieme je veux que vous l'annonciés dans vos feuilles comme un prodigue (prodige). Si vous le refusiés, vous pourriés etre sur de ne pas coucher a Bruxelles. J'ai ce pouvoir la dans ma manche, vous ne seriés pas le premier a qui cela serait arrivé. Demandés en des nouvelles a un certain jeune

---

(*c*) Ceci donnerait raison à Chevrier qui, dans les différents pamphlets où il attaqua D'Hannetaire, s'appesantit surtout sur les mœurs plus que légères de ses filles et de ses cousines. (NOTE DE M. FABER.)

(*d*) On sait que D'Hannetaire avait un salon fréquenté par toute la noblesse, où figurait, au premier rang, le Prince de Ligne. (NOTE DE M. FABER.)

(*e*) *Agatine*, nom que prenait *Rosalide*, sœur consanguine de D'Hannetaire. On voit que la dénomination de *nymphe poulinière* que lui donnait Chevrier, n'était pas usurpée. (NOTE DE M. FABER.)

homme qui, a la vérité payait sa place au spectacle, mais qui a eu l'impertinence d'avoir le sens commun, quelques choses de mieux, il etait assés mal élevé pour avoir du gout ; il ne nous faisait point sa cour, quoique nous lui ayons donné beau jeu a cet egard, parceque je sentais qu'il aurait pu nous être fort utile s'il avait voulu se bien conduire, c'est a dire faire ce que nous aurions exigés de luy ; au contraire il se piquait, disait t'on, d'avoir des choses que je ne connais ny ne veux jamais connaitre, et qui ne sont que chés les sots, on apelle cela je crois de l'honneur, de la probité, de la franchise, je ne scais ce que c'est ; mais quoi qu'il en soit il s'avisa d'avoir la fievre parceque ma chere et spirituelle Angelique jouait *Andromaque* (*f*) ; il etait enrhumé, il toussa, moucha, et vint même eternuer aupres de moi qui etais au partere occupé a faire faire silence et a aplaudir cette aimable enfant qui tient de sa mere a tous egard : En effet c'est bien le meilleure caractere de fille qu'il y ait au monde !

LA PIERRE.

Qui croirait jamais que cet homme fut faux ; il parle avec une verité qui enchante.

GRIFFON.

Eh ! bien, Monsieur Repertoire, ce jeune homme qu'est il devenu ?

REPERTOIRE.

Vous le devinés pas ? je vais vous l'aprendre. Ce jeune sot, comme je vous ai dit, moucha, et toussa si fort, qu'il enrhuma le partere au point que ma chere Angelique avait beau faire les plus grands efforts, il ne sentait plus rien ; de la point d'aplaudissement, j'etais seul a claquer, et c'est peu ; j'en fis

(*f*) Dans un mémoire que les Comédiens ordinaires du Prince Charles de Lorraine lui adressèrent en 1770, il est fait mention de cette représentation d'*Andromaque*. Ce fut donc, grâce à l'influence que la famille D'Hannetaire exerçait que le jeune homme, qui avait peu goûté le talent d'Angélique, reçut une lettre de cachet qui l'exila du pays. (NOTE DE M. FABER.)

mes plaintes a Eugenie qui, comme vous scavés, est une rusée matoise; oh! c'est cela, me dit-elle, cette nuit en badinant je minuterai sur le sein de mon P*** (g) un brevet de retraite, que mon amant fera expedier demain. Ce qui fut dit fut fait, et le petit bon homme est allés je ne scais ou; que m'jmporte. Ah! dame, tenés, il ne lui en coute pas plus que cela, ainsi arrangés vous la dessus. Mais revenons : de l'argent.

GRIFFON.

Je n'en ai point a present, je sens bien qu'il faut que je paye mais attendés.

REPERTOIRE.

Il en faut trouver.

GRIFFON.

Prenés des souscriptions.

REPERTOIRE.

On ne me paye point avec de la fausse monnoië.

LA PIERRE.

Que ce Monsieur Repertoire est tenace!

GRIFFON.

S'il l'eut été moins il ne serait pas baron : mais finissons, monsieur, de grace.

REPERTOIRE.

C'est ce que je demande.

GRIFFON.

Prenés donc des journaux.

(g) Le Prince de Ligne probablement. (NOTE DE M. FABER.)

REPERTOIRE.

Vous proposés vos journaux comme Crispin medecin propose ses pillules, mais j'en connais le prix et je ne veux point etre dupe.

GRIFFON.

Eh ne le suis je pas bien moi, qui me trouve abonné a un spectacle ou il n'y a point de mere noble, de jeune premier en femme, de duegne pour l'opera ; une mauvaise soubrette, une detestable premiere actrice, un second rolle homme insuportable, est cela servir le public, Monsieur Repertoire.

REPERTOIRE.

Madame Daubercourt fait les meres, je ne puis vous assurer si elle est noble parce que je n'ai pas vû sa genealogie ; mais sa mere fut autrefois jeune et jolie, et de la je conclus quelle a pu tater de la noblesse. C'est par ce moien que mes filles et cousines sont nobles, et que je suis baron (*h*) ; ma foi, les femmes sont bien utiles a l'jllustration des familles. Quant a la soubrette, je vous jure que les protecteurs qui veulent reconnaitre dans la fille (*i*) les services de la mere sauront bien forcer le public a la trouver bonne, ainsi des autres, de sorte que vos reproches sont mal fondés, et que vous ne pouvés vous dispenser....

GRIFFON.

De vous faire accepter des journaux. Prenés, Monsieur, ou craignés ma vengeance malgré tout vôtre credit.

LA PIERRE, *à Repertoire.*

La prudence veut qu'on se defie d'un homme qui tient la plume tous les quinze jours une fois.

(*h*) Si l'on en croit Chevrier, D'Hannetaire acheta la baronnie d'Haren, avec le patrimoine de sa femme (*Le Colporteur*, pp. 261-262). (NOTE DE M. FABER.)

(*i*) Eugénie D'Hannetaire avait succédé à sa mère dans l'emploi de soubrette. Celle-ci était morte à Bruxelles, le 30 janvier 1761. (NOTE DE M. FABER.)

Repertoire.

Je me moque de tous ces barbouilleurs. *L'Observateur de Spectacle* (*j*) m'a drapé tant qu'il a pû cela ne m'a point ebranlé; ce jeune homme dont je viens de parler tout à l'heure disait tout haut que je ne valais rien; eh! bien, on le croyait moins parcequ'il le disait que parce qu'on le scavait d'avance. Monsieur Griffon peut en dire autant dans sa rapsodie; que m'importe, pourvu que l'argent vienne?

Griffon.

Vous étes une ame bien vile, Monsieur Repertoire, vous ne parlés jamais que d'argent.

Repertoire.

Mais vraiment c'est que sans argent on ne peut point batir, n'y meubler de chateaux, n'y achepter des maisons, n'y effacer des gens de qualités qui sont trop heureux de venir chés nous s'avilir, en nous encensant fastidieusement sur nôtre merite : mais allons au fait, Monsieur le barbouilleur, je veux finir.

Griffon.

Donnés lui, La Pierre, des journaux, ou son congé car il m'ennuie.

Repertoire.

J'en ai bien ennuyé d'autres. Je joue mal, vous ecrivés de même, nous faisons nôtre metier pour de l'argent, mais qui est moins abondant chés vous; c'est que vous n'avés pas deux cousines et deux filles (*k*), tant pis pour les sots qui s'y laissent prendre.

(*j*) Recueil périodique fondé à La Haye, par Chevrier, en 1762; il n'en parut que deux volumes. Après sa mort (3 juillet 1762, à Rotterdam), on le continua, en 1763, mais le tome premier seul vit le jour. (Note de M. Faber.)

(*k*) Ces paroles d'un contemporain lèvent tout doute au sujet de celles qu'on appelait *les Trois Grâces*. D'Hannetaire n'avait bien certainement que deux

La Pierre.

Cet homme est consequent.

Griffon.

Il y a dans tout cecy, Monsieur Repertoire, un honnête temperamment a prendre. Parlés avantageusement de mon journal, laissés moi mes entrées, je louerai vos filles, je vanterai leurs vertus, je scaurai donner une couleur riante aux petites incomodités qui les attaquent si souvent, j'effacerai l'idée qu'on a de leurs gouts pour la pluralité des dupes, j'en dirai tout le bien possible, nous mentirons tous deux, mais ce sera pour le bien de la chose.

Repertoire.

De l'argent, Monsieur, Voila le vrai bien de la chose, je n'en connais pas d'autre.

Griffon.

Des acteurs, Monsieur...... (*il regarde sa montre*) mais il est cinq heures, le moment d'ennuyer vous apelle au theatre, et le bonheur public me conduit chés Son Excellence.

Repertoire.

Cinq heures ! juste ciel ! ah ! maudit barbouilleur, rendés grace a cette circonstance, mais comptés que demain je ne vous quitte pas que je n'aye mon argent.

Griffon.

Ou des journaux, plat histrion ; ils seront toujours prets pour cela.

La Pierre.

Celui de la quinzaine, Monsieur, vous aprendra des

---

filles : *Eugénie* et *Angélique* ; et celles qu'il appelait ses cousines, étaient *Rosalide*, sa sœur consanguine, fille, comme lui, de *Servandoni*, le célèbre peintre décorateur, et *Victoire*, la fille de celle-ci. (Note de M. Faber.)

choses interessantes, vous y verrés...... ah! Vous y verrés de belles choses.

REPERTOIRE.

C'est a dire beaucoup de sottises. Ton maitre en ecrit, Dieu scait!.... bon jour (*Il sort*).

LA PIERRE.

Et toi tu vas en dire et en faire; voila un public bien régalé.

GRIFFON.

Me voila heureusement debarassé de cette homme.

LA PIERRE.

Pas pour longtems, le répit est court.

GRIFFON.

Souviens toi que je n'y suis demain pour aucun de mes creanciers.

LA PIERRE.

Vous rompés donc avec toute la ville.

GRIFFON.

Point de propos. Vas me chercher un carosse, et suis moi chés le ministre, ou je dois me rendre pour des affaires d'importances. Pourquoi prend tu ce journal?

LA PIERRE.

Pour donner au cocher; c'est la monnoye courante avec laquelle vous les payés ordinairement.

GRIFFON.

Taches de te faire rendre quelque chose; la prodigalité est hors de saison.

LA PIERRE.

Allons donc a pied.

GRIFFON.

La place que j'occupe veut de la dignité.

LA PIERRE.

La belle dignité que d'aller en fiacre, et de les prendre a credit!

GRIFFON.

Soit, allons a pied; un homme sedentaire doit par fois prendre de l'exercice.. . (*Il sort.*)

Suivons donc cet original, en attendant qu'un destin plus propice lui ôte la demangeaison d'ecrire, rende Repertoire honnete homme, et me place en un haut rang, trois choses qu'on ne verra jamais.

ACHEVÉ D'IMPRIMER

LE 30 JUIN MIL HUIT CENT QUATRE-VINGT

PAR

FÉLIX CALLEWAERT PÈRE

www.ingramcontent.com/pod-product-compliance
Ingram Content Group UK Ltd.
Pitfield, Milton Keynes, MK11 3LW, UK
UKHW021132230726
13926UKWH00002B/760

9 782014 080759